BODACH AN CHÓTA LACHNA

DARACH Ó SCOLAÍ

FIONN

Bodach an Chóta Lachna

Dathadóireacht: Caomhán Ó Scolaí

An Chéad Eagrán 2011
© Leabhar Breac 2011

ISBN 978-0-898332-60-5

Ealaín: Darach Ó Scolaí
Dathadóireacht: Caomhán Ó Scolaí
Clóchur, dearadh agus clúdach: Caomhán Ó Scolaí

Foras na Gaeilge

Tugann Foras na Gaeilge tacaíocht airgid do Leabhar Breac

Tá Leabhar Breac buíoch den Chomhairle um Oideachas
Gaeltachta agus Gaelscolaíochta as a gcúnamh sa tsraith Fionn

Arna phriontáil ag Clódóirí Lurgan Tta,
Indreabhán, Co. na Gaillimhe

Nuair a bhí Conn Céadchathach ina ardrí i dTeamhair, bhí an tír faoi ionsaí ag strainséirí a bhí ag iarraidh cíos a ghearradh ar mhuintir na hÉireann. Chun an tír a chosaint, chruinnigh an tArdrí le chéile buíon laochra láidre is gaiscígh chróga ar ar tugadh Fiann Éireann.

Bhí gaiscíoch san Fhiann an t-am sin, agus Fionn mac Cumhaill an t-ainm a bhí air. Ba é a bhí i gceannas ar an bhFiann.

Lá amháin, nuair a bhí Fionn i mBinn Éadair chonaic sé long ag teacht chuige ar an bhfarraige. Tháinig an long i dtír agus léim gaiscíoch mór amach ar an trá. D'fhiafraigh Fionn den strainséir cén t-ainm a bhí air.

'Caol an Iarainn is ainm dom,' a deir an strainséir. 'Is mé mac Rí na Teasáile, agus táim tagtha anseo chun cíos a ghearradh ar mhuintir na hÉireann. Ach má tá fear in Éirinn a bhuafadh orm i rás imeoidh mé liom abhaile.'

'Maith go leor,' a dúirt Fionn. 'Is é Caoilte mac Rónáin an fear reatha is fearr san Fhiann. Rachaidh mise á iarraidh.'

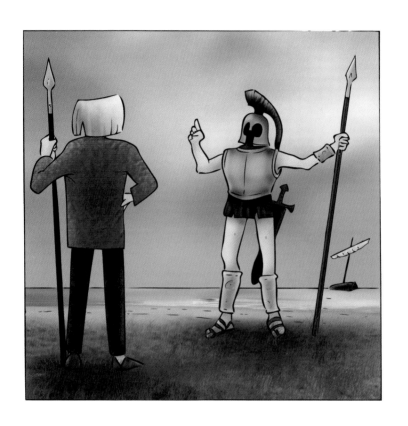

D'imigh Fionn, agus ní raibh sé i bhfad ag siúl, nuair a chonaic sé fathach mór buí ag teacht chuige, a dhá chos mhóra ag scairdeadh puitigh in airde san aer, agus a chóta fada lachna anuas go talamh ina dhiaidh. D'fhiafraigh an fear mór d'Fhionn cén scéala a bhí aige, agus d'inis Fionn a scéala dó.

'Is mise Bodach an Chóta Lachna,' a dúirt an fear mór, 'agus rithfidh mise in aghaidh Chaol an Iarainn duit.'

'Maith go leor,' a dúirt Fionn, agus d'fhill an bheirt ar Bhinn Éadair.

Nuair a chonaic Caol an Iarainn Fionn agus an Bodach ag teacht chuige lig sé scairt gháire as.

'Más é seo an fear reatha is fearr atá agaibh,' a dúirt sé, 'is gearr go mbeidh cíos na tíre agam.'

Shocraigh Fionn go rithfidís rás ó Shliabh Luachra i gCúige Mumhan go Binn Éadair an mhaidin dár gcionn. D'aontaigh Caol an Iarainn agus an Bodach leis sin, agus d'imigh siad leo go Sliabh Luachra de shiúl na gcos.

Nuair a bhain siad Sliabh Luachra amach an tráth-
nóna sin, d'iarr an Bodach cabhair ar Chaol an Iarainn
chun bothán a thógáil don oíche. Dúirt Caol an

Iarainn nárbh fhiú bothán a thógáil d'aon oíche amháin. Shín sé é féin siar ar an bhféar ansin, agus chuaigh sé a chodladh.

Chuaigh an Bodach ag baint géag sa choill, agus rinne sé bothán dó féin. Nuair a bhí sé sin déanta aige chuaigh sé ag seilg, agus mharaigh sé torc. Las sé tine ansin, agus chuir sé an torc ar bior os cionn na tine.

D'imigh an Bodach leis de shiúl go hInse Uí Choinn, ag iarraidh fíona. Nuair a tháinig sé ar ais lena dhá bhairille fíona, bhí an fheoil rósta. Rinne sé dhá leath den fheoil. Chuir sé leath na feola agus bairille amháin fíona i leataobh le haghaidh na maidine, ansin d'ith sé an leath eile, agus d'ól sé lán bairille fíona. Nuair a bhí a dhóthain ite agus ólta aige, luigh sé siar sa bhothán, agus chuaigh sé a chodladh.

Le héirí gréine bhí Caol an Iarainn ina shuí. Dhúisigh sé an Bodach.

'Éirigh, a Bhodaigh,' a dúirt Caol an Iarainn. 'Tá sé in am againn tús a chur leis an rás.'

'Coinnigh ort,' a dúirt an Bodach. 'Tá codladh fós orm. Leanfaidh mé thú ar ball.'

D'imigh Caol an Iarainn leis de rith. Nuair a bhí a dhóthain codlata déanta ag an mBodach, d'éirigh sé, d'ith sé an leath eile den fheoil, d'ól sé an fíon a bhí fágtha, ansin bhailigh sé cnámha an toirc agus chuir isteach i mbinn a chóta iad. Chroch sé na cnámha in airde ar a dhroim ansin, agus d'imigh sé leis de rith.

Ní raibh an Bodach i bhfad ag rith nuair a tháinig sé chomh fada le Caol an Iarainn. Chaith sé chuige na cnámha as a chóta.

'Is dóigh go bhfuil ocras ort,' ar seisean leis. 'Níor ith tú aon bhricfeasta.'

'Chrochfainn thú, a Bhodaigh,' a dúirt Caol an Iarainn, 'sula mbeinn ag iarraidh bia ar na cnámha a

bhí tusa ag creimeadh
le do chuid fiacla fada cama!'

'Más ea,' a dúirt an Bodach,
'níor mhór duit deifir a dhéanamh.'

D'imigh an Bodach de rith,
agus d'fhág sé Caol an Iarainn
ina dhiaidh.

Tar éis tamaill chonaic an Bodach sméara dubha ag fás ar dhris ar thaobh an chosáin. Chrom sé chun iad a bhaint, agus bhí sé á n-ithe nuair a tháinig Caol an Iarainn chomh fada leis.

'A Bhodaigh,' a dúirt Caol an Iarainn, 'chonaic mé píosa de do chóta greamaithe de chrann thiar ansin.'

D'imigh Caol an Iarainn de rith ansin. Chas an Bodach ar a chos, agus chuaigh sé ar ais ag iarraidh an phíosa dá chóta. Nuair a tháinig sé air, shuigh sé síos, thóg sé amach snáth agus snáthaid, agus d'fhúáil sé an t-éadach ar ais ar a chóta.

Thosaigh an Bodach ag rith arís. Tháinig sé chomh fada le Caol an Iarainn den dara huair.

'A Chaoil an Iarainn,' a dúirt sé, 'níor mhór duit deifir a dhéanamh más mian leat cíos na hÉireann a fháil.'

D'imigh sé leis ansin agus níor stop sé den rith go bhfuair sé amharc ar Bhinn Éadair. Stop sé ansin, agus chuaigh sé ag ithe sméar arís. Nuair a bhí a dhóthain ite aige bhain sé de a chóta, thóg amach a

shnáth agus a shnáthaid, agus chuaigh sé ag fúáil arís. Rinne sé mála dá chóta, líon sé an mála le sméara, chroch sé in airde ar a ghualainn é, agus d'imigh sé leis de shiúl i dtreo Bhinn Éadair.

Chruinnigh an Fhiann thart timpeall ar Fhionn i mBinn Éadair. Nuair a chonaic siad fear mór chucu agus mála ar a dhroim, tháinig imní orthu. Shíl siad gurbh é Caol an Iarainn a bhí ann agus an Bodach marbh ar a dhroim aige. Bhí uafás orthu.

Ach nuair a tháinig an Bodach níos gaire dóibh d'aithin siad é agus tháinig ríméad orthu.

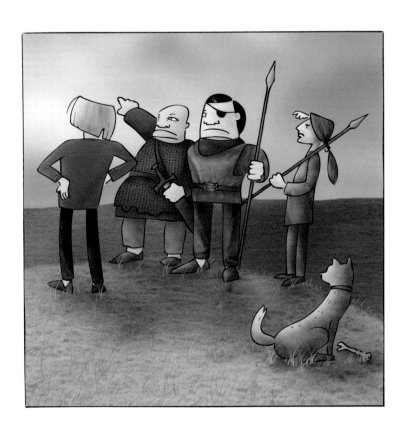

Tháinig an Bodach chomh fada leis an bhFiann agus d'fhiafraigh Fionn de cén scéala a bhí aige.

In áit freagra a thabhairt air, dúirt an Bodach leis go raibh ocras air, agus d'iarr sé min choirce.

Leagadh brat ar an bhféar roimhe, agus cuireadh carn mine ina lár. Dhoirt an Bodach a chuid sméar isteach sa mhin, agus thosaigh sé ag ithe. Leis sin, chonaic siad Caol an Iarainn chucu, a chlaíomh ina lámh aige, agus é ar deargbhuile.

Thóg an Bodach lán a ghlaice den bhia, agus chaith sé le Caol an Iarainn é. Baineadh an cloigeann de Chaol an Iarainn.

Thóg an Bodach an cloigeann den talamh agus chuir sé ar ais ar ghuaillí Chaol an Iarainn é. Ach, nuair a d'éirigh Caol an Iarainn ina sheasamh arís bhí a aghaidh iompaithe siar ar a dhroim, agus cúl a chinn iompaithe roimhe. Rug Bodach an Chóta Lachna ar Chaol an Iarainn ansin, chroch sé isteach sa long é, agus le buille dá chos chuir sé an long trí léig i bhfarraige.

Níor tháinig Caol an Iarainn ar ais go hÉirinn ó shin.

AN BRADÁN FEASA

Fadó, nuair a bhí cúirt ag Ardrí Éireann i dTeamhair, bhí buíon fear ag an Ardrí ar ar tugadh an Fhiann. Fir bhreátha láidre ab ea iad a choinnigh síocháin sa tír dó. Ba é Fionn mac Cumhaill an ceannaire ba cháiliúla a bhí ar an bhFiann.

Ach, ó bhí Fionn ina leanbh, bhí a chuid naimhde ag iarraidh é a mharú agus ceannas na Féinne a choinneáil dóibh féin. Chun é féin a chosaint ar na naimhde sin, mhúin an banghaiscíoch Bómall d'Fhionn cén chaoi le troid. Ach chun ceannas a fháil ar an bhFiann, chaithfeadh sé foghlaim le bheith níos stuama agus níos cliste ná duine ar bith eile beo.

DÓITEOIR NA SAMHNA

Fadó, thóg Ardrí Éireann cúirt mhór i dTeamhair. Réitigh sé fleá ann, faoi Shamhain gach bliain, do na Gaeil as gach cearn den tír. Bliain amháin, ar oíche Shamhna, tháinig fathach go Teamhair agus chuir sé an tArdrí agus an chúirt ar fad a chodladh le ceol draíochta. Nuair a bhí siad ina gcodladh, chaith sé lasair thine as a bhéal agus dhóigh sé cúirt an Ardrí.

Rinne sé é sin bliain i ndiaidh bliana. Ar deireadh, tháinig buachaill óg go Teamhair a gheall go gcuirfeadh sé deireadh leis an dóiteoir. Fionn mac Cumhaill ab ainm don bhuachaill sin.

AN CLUICHE CLÁIR

Ardrí

Sa chluiche cláir spleodrach lándaite seo d'óg agus aosta, caithfimid Fionn mac Cumhaill a thabhairt go cúirt an Ardrí i dTeamhair. Le cabhrú leis, tá an banghaiscíoch Bómall, Bodach an Chóta Lachna, an Bradán Feasa, Diarmaid ó Duibhne, agus cairde na Féinne. Ach tá a chuid naimhde ag fanacht linn freisin — Goll mac Morna, Conán Maol, an fathach Ailéan, an Giolla Deacair, ollphéisteanna, arrachtaigh, sluaite sí, agus go leor leor eile!

Bailigh na Cártaí Sí ar an mbealach go Teamhair agus bí ar an gcéad duine i bpálas an Ardrí!

Cluiche Nua don Teaghlach ar fad!

Le teacht go luath sa tsraith Fionn:

AN GIOLLA DEACAIR

Bhí Fionn agus Conán Maol ar Chnoc Áine, lá, nuair a tháinig fear mór gránna chucu ar chapall fada cnámhach.

Nuair a bhí an strainséir ag labhairt le Fionn, chuaigh an capall i measc chapaill na Féinne, agus thosaigh sí ag bualadh cos orthu agus ag baint plaiceanna astu. Chun an capall a smachtú, chuaigh Conán Maol in airde uirthi. Níor chorraigh an capall. Chuaigh gaiscígh na Féinne ar mhuin an chapaill, ina nduine is ina nduine, nó go raibh ceithre dhuine dhéag in airde uirthi. D'imigh an capall léi de rith ansin, siar i dtreo na farraige, na ceithre dhuine dhéag den Fhiann greamaithe di, agus Fionn á leanúint.

Le teacht go luath sa tsraith Fionn:

BRAN AGUS SCEOLÁN

Fadó, nuair a bhí cúirt ag Ardrí Éireann i dTeamhair, bhí buíon fear ag an Ardrí ar ar tugadh an Fhiann. Fir bhreátha láidre ab ea iad a choinnigh síocháin sa tír dó. Ba é Fionn mac Cumhaill a bhí ina cheannaire orthu.

Tháinig fear chuig Fionn, lá, agus scéala aige dó. Gach bliain le ceithre bliana, nuair a saolaíodh páiste dá bhean, thagadh fathach chuig an teach san oíche, chuireadh sé a lámh síos an simléar, agus sciobadh sé leis an páiste. An oíche sin, bhí a bhean ag súil leis an gcúigiú páiste, agus d'iarr an fear ar Fhionn teacht agus an leanbh a chosaint ar an bhfathach.

SÍ CHUILINN

Bhí Fionn ag fiach lena dhá chú, lá. Tháinig sé chomh fada le loch ar an sliabh, agus bean óg ag caoineadh ar bhruach an locha. D'inis sí d'Fhionn go raibh a fáinne óir tite sa loch. Léim Fionn isteach san uisce ag iarraidh an fháinne di.

Nuair a tháinig Fionn amach as an uisce leis an bhfáinne, rinneadh seanduine liath de. Níor aithin an dá chú é. Nuair a tháinig an Fhiann á chuardach, níor aithin siad é. Ní raibh tásc ná tuairisc ar an mbean óg.